沢木欣一の百句

思想詩としての俳句

荒川英之

ふらんす堂

目次

沢木欣一の百句

雪晴れに足袋干すひとり静かなる

『雪白』
昭和十四年

1

この年、第四高等学校に入学した欣一は、金沢市蛤坂新道（現、清川町）に下宿する。雪や泥に汚れた足袋を下宿の軒に吊るすとき、雪景色の静寂に孤独を覚えたというもの。欣一、十九歳の作。金沢の風土に根ざした生活感情の表出は、私小説的な色彩を帯びている。

欣一は「意欲と表現」（「寒雷」昭16・7）の中で石塚友二の「秋晴れや人にかくれて街にあり」の句を挙げ、「真心のアインザムほど美しいものはない。」と記し、孤独に無上の「美」を認めている。掲句は、この考え方に深い連なりをもつ第一作である。

しぐるるや窓を掠むる鳥つぶて

『雪白』
昭和十四年

2

犀川に時雨が来ると、百合鷗の類であろうか、水鳥の群れが川面を飛び立ち、やぶへ引き上げてゆく。その一羽が下宿の窓をつぶてのようにかすめていった。「鳥つぶて」は欣一の造語である。彼は、目に飛び込んでくる自然の生き生きとした姿に心を躍らせ、作句に励んだのであった。

後年、欣一はこの句に触れて、「日本の自然美をキメ細かく柔軟に表現する秋桜子の句風」から学んだことは意義が大きい（「自作ノート」『現代俳句全集二』昭52）と記し、「馬酔木」に投句した初学時代を振り返っている。

雪霏々と真昼の電車灯し来る

『雪白』
昭和十五年

金沢の香林坊での作。視界を遮るほどの風雪の中を路面電車が進んで行く。市電の淡い灯と、雪に埋もれようとする街をさまよう作者の姿が、戦時下の青春の昏さを湛えている。

初出の句形は「北辰会雑誌」（昭15・3）に発表された「雪霏々と昼の電車の灯がかなし」である。句集に収録する際、「かなし」の主観を後退させることで感傷に流されることを拒否する進境を示した。この改作によって得られた緊密な声調と市電の動的描写が、作者の内面の緊張感、痛切な感情といったものを感知させる。

汗して見るヘルン愛顧の櫛の雲脂《ふけ》

『雪白』
昭和十五年

4

「松江小泉八雲旧居」の前書を付す。「ヘルン」は八雲の本名である。山陰に旅して、ヘルン旧居を訪れた折の句。おびただしい数の日本の櫛の展示は、八雲の抱く日本への愛着を欣一に強く印象づけたであろう。幼少年期を朝鮮で育ち、日本に憧れて第四高等学校に入学した欣一の八雲に対する共感が「汗して見る」のまなざしに込められている。

後日、欣一は「自句自解」（「俳句」昭32・8）の中で「雲脂」はフィクションであったと明かす。描写に真実味を加えようという工夫がうかがわれて興味深い。

芭蕉忌や己が脚嚙む寒鴉

『雪白』
昭和十五年

5

松尾芭蕉の忌日は陰暦十月十二日。冬ざれの犀川の河原で見た実景か、あるいは心象風景であったのか、欣一自身定かではないと振り返るが、いずれにしても中七「己が脚嚙む」は、風雅の道を歩む芭蕉の烈しい心のうちに想到した描写であろう。欣一は「意欲と表現」（「寒雷」昭16・7）において、「芭蕉」の「生に対する烈しい意欲と一枚になつた風雅」を説くなかで、「安易な花鳥諷詠」を批判した。

芭蕉精神の復興を通して虚子の花鳥諷詠に抗していこうとした時期の作品である。

おびたゞしき靴跡雪に印し征けり

『雪白』
昭和十五年

6

金沢駅前の広場での作。句意は、雪上に無数の靴跡を残して兵士は出征したというもの。座五の「印し」を「いんし」と読ませることで、単に目印を残すという意味の「印《しる》す」に比べ、力強く雪を踏み込む出征のありさまを描き出す。また、「靴跡・雪に・印し・征けり」と刻みゆく声調が、一歩一歩踏みしめてゆく兵士の緊迫した内面を伝えていよう。入り乱れた軍靴の跡を見つめていると、いつか自分も辿る道であると自覚され、欣一は淋しさを募らせた。「おびたゞしき靴跡」が、盛大でものものしい壮行に対する青年の虚無感を即物的に表現する。

14 — 15

寒燈に海鳴りのみを聴くものか

『雪白』
昭和十五年

7

「原子案山子金沢に来る日」の前書を付す。案山子は原子公平（当時、第三高等学校生）の号。欣一と公平は互いに句作を競い合う仲であった。掲句は、年の暮れに公平と酌み交わした折の作。犀川の下流から響いて来る日本海の海鳴りに、欣一は時代の波にのまれてゆく悲壮な自己の運命を実感したのではなかろうか。寒々しい燈下に、かすかな海鳴りを「聴くものか」と求心的に把握した点が、青春の昏さを感知させる。

この後、二人は加藤楸邨・石田波郷の謦咳に接するため、上京するのであった。

雪しろの溢るるごとく去りにけり

『雪白』
昭和十七年

「四高卒業金沢を去る」の前書を付す。雪解け水は犀川から溢れるような勢で日本海に注がれる。「自句自解」（「俳句」昭32・8）によれば、金沢を去る数日前は殊に雪代が激しく、雪塊は輝きながらひしめき合い、押し流されていったという。自然の躍動に対する感嘆の直後に胸中をよぎった虚無感が、座五「去りにけり」である。東京帝国大学に進学する欣一だが、真珠湾攻撃で太平洋戦争が始まったことに衝撃を受け、自己の将来を見通すことができないまま卒業の日を迎えたのであった。

天の川柱のごとく見て眠る

『雪白』
昭和十七年

9

この年の夏、欣一は楸邨に同行して東京を出発し、金沢を経て佐渡に遊ぶ。掲句は出雲崎で投宿した折に詠まれたもの。同時作に「佐渡見ゆる二日宿りの天の川」の句がある。掲句は、天の川を「柱のごとく」と立体的に捉えることで、天空を支える銀河の雄渾な立姿を描き出した。いうまでもなく、芭蕉の「荒海や佐渡によこたふ天河《あまのがは》」の句を念頭に置いたもので、佐渡の空に横たわる天の川のイメージを覆す光の柱は幻想的であるが、座五「見て眠る」が旅寝のわびしさを感じさせる。ここに、芭蕉の足跡をしのぶ心が込められていよう。

松風や末黒野にある水溜り

『雪白』
昭和十八年

10

「奈良」の前書を付す。三月下旬から四月上旬にかけて欣一は京都・奈良・南紀に遊ぶ。掲句は、飛火野の嘱目である。雨に濡れた焼野に鏡面のような水たまりが点在し、それが松籟を一層清澄なものにしている。近い将来、わが身も戦線に投入されるということは自明であったが、この句は、そうした個の不安感を超え、自然描写に徹することで静謐な抒情を示している。

なお、京都で「連翹や焼杭を打つ宇治の院」と詠み、南紀では「木蓮や熊野路に入る一つ星」と詠んだ。掲句「松風や…」とともに明澄な表現をとった旅中吟である。

実となれる梨の根株の泉かな

『雪白』
昭和十八年

「丹波細見綾子氏の許にて　四句」の前書を付す四句中の冒頭句。他に「少女等の風琴鳴れば朝の蟬」「山霧に蝸牛生る、蔵の壁」「天井に折鶴赤し星祭り」がある。

徴兵検査に合格した欣一は、夏休みを利用して朝鮮の両親の許に帰省する。その帰途、丹波に細見綾子を訪ねた。この時の連作四句は、戦地に赴く苦悩を離れた清澄な俳風を示している。

掲句は、梨の木のほとりに湧き出る泉——自然の生命の源——を描いたもの。若い自己の内部に生命感が充ちあふれるのを欣一は実感したのであろう。

秋山の襞を見ている別れかな

『塩田』
昭和十八年

「人々と別れ入営」の前書を付す。山襞の澄み渡る景は、営門をくぐる欣一の落ち着いた心境に照応するが、「見ている別れかな」は、心の鏡に秋山を写し取ろうという執着を感じさせる。ここに、生還の期しがたいことを理解しながらも、悟り切れない人間的感情を認めることができよう。出征中の句は、昭和十九年に満州の老黒山で詠まれた「ペーチカに蓬燃やせば蓬の香」の一句を本句集に採録するのみである。

なお、本句集（昭31　風発行所）には口語表現の積極的な導入を目指して新仮名遣いが採用されている。

南天の実に惨たりし日を憶う

『塩田』
昭和二十年

「復員後丹波に細見綾子を訪う　六句」の前書を付す六句中の冒頭句。他に「待つ人あり一寒燈を梁りに吊り」や「枯桑を燃やし小豆を煮てくれる」などの句がある。十月、佐世保に復員した欣一は富山へ帰還する途次、丹波に綾子を訪ねた。掲句は、内庭に栽植された南天の実の輝きに触れ、平和の到来を実感したものである。「惨」の一字に苛酷な兵隊生活の記憶が籠もる。後に欣一は「私の昭和俳句（二〇）漂泊の思い」（「俳句研究」平3・8）の中で、「綾子は菜園で採った小豆を煮て赤飯で祝ってくれた。」と振り返っている。

鮭取りの臀《ししむら》濡れて走りけり

『塩田』
昭和二十年

14

「富山県常願寺河原にて　四句」の前書を付す四句中の冒頭句。富山の親戚宅に仮寓していた頃の作である。住む家も、生計を立てる手段もなく、前途暗澹たる思いで常願寺川の河原をそぞろ歩くと、川に入った一人のたくましい男が、猛然と浅瀬へ突き進む光景に遭遇する。臀部を飛沫できらきらと濡らして鮭を追い上げる姿に、欣一は目を奪われた。躍動的描写は、作者の虚脱状態からの回復のきざしといえよう。

　富山から金沢に移住した欣一は、翌年の五月に「風」を創刊する。

梅雨の土かゞやきて這ふ蛆一つ

『塩田』
昭和二十一年

15

欣一は「風」創刊号（昭21・5）に「芭蕉と現代人」と題した一文を寄せ、その中で、対象への自己投入を重視する考え方を示す。その意味でいえば、「かゞやきて這う蛆」は、戦争を生き延びた自身の命の投影であったといえよう。後年、欣一は「蛆はきたならしいものの代表だが」「生命の美しさを感じた。人間の自分も蛆虫の一つ。」（『自註現代俳句シリーズ第二期⑰沢木欣一集』昭55）と自解する。

　飢えや貧しさの続く戦後の混乱期に、詩精神を荒廃させることなく生命の貴さを見つめた作品。

32 — 33

短夜の飢えそのまゝに寝てしまう

『塩田』
昭和二十一年

16

この時期、「更衣米借りに母音もなし」「胡瓜喰らい息が涼しと貧親子」など、「個の貧」をテーマとする作品が見られるが、掲句もその一つである。明け易い夜を惜しむ季題趣味から離れ、生活の苦境から生み出されたもので、飢えたまま眠りにつくしかないという虚脱感をモノローグによって表現した。飢えと暑さで短い夜も長く感じられたであろう。口語体を通して作者の独白が生々しく響く。後に欣一は、モノローグ的な俳風よりも、ダイアローグに俳句表現の新しさを求め、他者との連帯から社会性を獲得しようとするのである。

西瓜の赤封じこめたるガラス函

『塩田』
昭和二十一年

17

闇市での作。ガラスケースに納められた西瓜はとりわけ高価な品であった。戦後の厳しい食糧事情の一端をうかがわせている。

西瓜の切口を鮮やかに捉えた色彩感覚は対象への強い憧れを示しているが、それがガラス越しのものであったという描写に、庶民の悲哀が漂っている。

座五「ガラス函」は戦後社会を生きる欣一の閉塞感の象徴である。彼は「自集自註」（「天狼」昭31・4）の中で、「当時の飢えと虚脱感の息づまるような気分を出したかつた。」と述べている。

古塔の下空罐に焚く火に寄りて

『塩田』
昭和二十四年

18

「正月奈良へ綾子と旅して　七句」の前書を付す七句中の冒頭句。他に「乳母車押されて寒き神の森へ」などの句がある。上五の「古塔」は興福寺五重塔を指す。「自句自解」（「俳句」昭32・8）に、焚火する浮浪児と暖を取ったとある。この句は、古塔周辺の戦災孤児の実態に迫ろうというものではないが、「空罐に焚く火に寄りて」は、焚火を囲む人間同士の温かい交流、いわばヒューマニティーを感じさせる。翌年、欣一は「森山啓覚書」（「北国文化」昭25・12）において、戦後文学における「人間への愛情の欠如」を指摘している。

正月の小川跳び越え旅の夫婦

『塩田』
昭和二十四年

この句も正月に綾子と奈良に遊んだ折の作。同時作に「リュックに詰める松葉正月飛火野に」がある。生活は苦しく燃料に乏しいので、松葉をリュックに詰め込んでいるのである。

掲句は、自註（『自註現代俳句シリーズ第二期⑰沢木欣一集』昭55）によれば、春日野の小さな流れを二人で飛び越えたというもの。まるでハネムーンを楽しむかのような若い夫婦の心の弾みは、敗戦後の社会の混乱や貧困の中でつかみ取った幸福感であったといえよう。

綾子との結婚は昭和二十二年十一月である。

息白し長屋の空に変圧器

『塩田』
昭和二十四年

20

この句は、大阪市生野区鶴橋の辺りで詠まれたもの。鶴橋は戦火による家屋の被害を免れた古い長屋を多く残していた。黄昏の長屋の窓々に灯がともりはじめる頃、ふと空を見上げると、電信柱に取り付けられた変圧器が欣一の目に留まった。この時、彼は、変圧器によって長屋の各戸の生活が一つに結びつけられているという事実に逢着する。つまり、柱上変圧器は、戦後の貧しさのなかで大衆がつながり合って生きているということを欣一に実感させたのである。豊かな白息が、その感動の深さを物語っている。

出征旗まきつけ案山子立ち腐れ

『塩田』
昭和二十四年

大阪府河内の辺りの嘱目吟である。立腐れの案山子を通して、敗戦の混乱と不作で収量が上がらず、荒れるにまかせてある農地のありさまが想像される。

祝意と武運長久の祈りを込めて出征兵士に寄せ書きした貴重な日章旗が、今、吹き曝しの案山子に巻きつけられている。この旗も、案山子とともに朽ち果ててゆくのであろう。

戦意高揚の時代を象徴する「出征旗」と、農業の荒廃を示唆する案山子の結びつきは、戦争の果てにもたらされた苛酷な現実に対する批判精神の具象化である。

眉濃ゆき妻の子太郎栗の花

『塩田』
昭和二十五年

22

「六月、帝王切開により長子誕生　五句」の前書を付す五句中の冒頭句。十九日に長子が生まれ、太郎と名づけられた。綾子、四十三歳での初産である。上五「眉濃ゆき」は、産後の妻の衰顔に眉毛が目立って濃く見えたのを詠んだものであろう。「妻の子・太郎・栗の花」と切ってゆく力強い響きと、栗の花が放つ青臭い匂いに、男の子を授かったという作者の実感が籠もる。

以後、欣一は「赤ん坊に少年の相栗の花」（昭26）、「栗の花いよ〳〵くどく子を叱り」（昭45）など、太郎とともに栗の花を詠み継ぐのである。

行商の荷に油紙能登の雪

『塩田』
昭和二十七年

「七尾線　二句」の前書を付す二句中の一句。他に、「雪解田に映る雪空たゞ暗し」と詠んでいる。七尾湾で獲れた魚を行商で売り歩く女たちと列車に乗り合わせた折の作である。欣一は「自句自解」（「俳句」昭32・8）の中で、石崎は主婦の魚行商人が多く、大挙して金沢に魚を運ぶと記す。

耐水性のある油紙で荷を覆う工夫に、欣一は雪深い能登の地を想見した。「行商の荷に油紙」の写生は、生活と風土を主題とするものである。座五に「能登」の地名を得て、一句は心象風景への広がりを見せている。

赤錆の秋篠川に葦垂直

『塩田』
昭和二十八年

「唐招提寺行」と題して、「三鬼、不死男、予志氏らと同行、ＲＲセンターに近接した唐招提寺　二二句」の前書を付す二十二句中の一句。他に「苗代に音なし旅の吾等過ぐ」などがある。奈良ＲＲセンター（前線から帰休する米兵のための慰安施設）に近接する地域は歓楽街と化し、米兵目当ての私娼が集まった。このような風紀の乱れを離れ、秋篠川の静かな畔を歩くと、葦の茂みは古都の風情を残している。しかし、この川も米軍基地によって赤錆色に汚染されていた。「葦垂直」の力強い自然描写が、そうした現実への抵抗精神を象徴する。

鉄板路隙間夏草天に噴き

『塩田』
昭和二十八年

25

「内灘基地となる」と題する七句中の一句。米軍試射場として接収された内灘村砂丘地に鉄板道路が敷設された。住民は着弾地点への座り込みで抗議するが、試射を阻止することはできない。掲句は、基地反対派による闘争が敗北の色を濃くしていった時期の作である。反対運動の現場に立った欣一は、鉄板路の隙間から生える雑草に民衆の不屈の精神を見出した。

この年の秋に反対運動は終息するが、夏草の精神は、日本各地の基地反対闘争、その後の反戦平和運動に脈々として生き続けた。

山国の小石捨て〳〵耕せり

『塩田』
昭和二十九年

26

丹波での作。原句は「風」（昭29・4）に発表された「丘の上小石捨て〳〵耕せり」である。句集に収録する際、実景である「丘の上」を「山国」と観念的な言葉に改めた。これにより、読者は丹波の地勢を鳥瞰し、山地農業の苦労を追体験することができる。山地の土地は痩せているため、鍬の先に小石の当たる音が響く。邪魔な小石を投げ捨てては鍬を入れ直し、耕してゆくのであるが、「小石捨て〳〵」のリズミカルな調子は春耕の明るさを伝えていよう。労働の充実感の表出を重視した時期の作である。

苜蓿や義肢のヒロシマ人《びと》憩う

『塩田』
昭和二十九年

「広島にて」と題して『夕凪』大会に香西照雄と出席／広島を一巡、惨禍をまのあたり見る。一五句」の前書を付す十五句中の一句。後年、欣一は「風木舎俳話（十八）広島」（「風」昭52・8）の中で、敗戦の年、夜汽車で広島を通過する際、恐怖を覚えたと振り返る。原爆の凄まじい威力によって「何十年か草や木も生えないに違いない」という風聞を耳にしていたからだ。しかし、今、平和記念公園にはクローバーが密生し、被爆者の心身を癒している。敗戦直後には想像もできなかった光景に、欣一は広島の復興の歩みを実感したのである。

白桃に奈良の闇より藪蚊来る

『塩田』
昭和二十九年

「綾子、太郎と奈良日吉館」の前書を付す。七月三十一日、現代俳句協会近畿支部で開かれた中村草田男歓迎会に出席し、日吉館に投宿した。同時作に「星月夜生駒を越えて肩冷える」がある。

白桃の甘い香りに誘われて藪蚊が現れた。「奈良」の地名を伴う「闇」が、いにしえの漆黒の闇、すなわち「ぬばたまの夜」を連想させ、古都に対する作者の憧憬を感じさせる。

白桃と闇のコントラストは静物画の趣であるが、藪蚊の把握によって俳味を加えた作品となった。

水浸く稲陰《ほと》まで浸し農婦刈る

『塩田』
昭和二十九年

29

「富山県氷見十二町潟にて　二句」の前書を付す二句中の一句。「自句自解」（「俳句」昭32・8）に「万葉集の布勢の海である。」と記す。万葉集には「布勢の海」を詠んだ歌が五首あり、大伴家持の歌に「布勢の海の沖つ白波あり通ひ」（巻十七―三九九二）とあるように、その眺望の美しさが讃えられている。掲句は、稲舟を浮かべた湿田を描き、往古の湖面の景を偲ばせる。そこに農婦が局部まで水に浸して稲を刈っている。「陰」は古代的な表現であり、労働の中心を担った万葉時代の女性に、農婦の姿を重ね合わせたものといえよう。

冬日逃げるな河原の穴に石取女

『塩田』
昭和三十年

30

福知山線（旧線）を走る機関車の窓から渓谷を眺めて詠まれたもの。中七の「河原の穴」は寒々しい採石現場の描写である。

汽車に揺られていると、寒暮に耐えて作業を続けている女子労働者の姿が視界に入り、欣一の心は思わず、入日に向かって呼びかけた。上五「冬日逃げるな」は、七音の破調でありながら、切迫した語勢が冗長な印象を打ち消し、真情に溢れる表現となっている。

新しい俳句表現のあり方を求めて口語体に接近した時期の作。

わが妻に永き青春桜餅

『塩田』
昭和三十年

「綾子誕生日に」の前書を付す。この日、綾子は満四十八歳を迎えた。

中七「永き青春」は、妻の純粋な魂を貴ぶ言葉である。「桜餅」の淡い色彩が、青春の情感をほのかに呼び覚ます。後に欣一は「多少甘いか。」（『自註現代俳句シリーズ第二期⑰沢木欣一集』昭55・7）と吐露し、甘美な詠みぶりを振り返っている。

ちなみに、昭和三十九年にも「紅梅や妻に童女の時永く」（『地聲』）と詠む。童女の好みそうな「紅梅」が、妻の純真を象徴しているのである。

塩田に百日筋目つけ通し

『塩田』
昭和三十年

32

「能登塩田」と題して「輪島よりバスで二時間町野町に一寒村あり、最も原始的な塩田を営む、嘗て二十余を数えたが衰えて二、三遺る　二十五句」の前書を付す二十五句中の一句。塩田の砂面を掻き起こし、縦横に筋目をつけてゆく作業を詠んだ。中七「百日筋目」と畳みかける緊密な声調が、たゆむことのない肉体労働を表現する。座五「つけ通し」は、重労働に耐える厳しさをにじませるが、この苦しみは、同時作「暗がりの塩箱満たす塩の光沢《つや》」「塩握り緊め塩のなか塩の音」の充実感となって報いられるのである。

水《みず》塩の点滴天地力合せ

『塩田』
昭和三十年

この句も「能登塩田」二十五句中の一句。海水を撒いた塩田面を天日で乾燥させ、塩の結晶した砂を集めて木箱に詰め、上から海水を注ぐ。海水は、砂の表面から塩の結晶を洗い流しながら濃度を増して木箱の栓から滴り落ちる。これが上五の「水塩」である。「点滴」の形象は弾力性に富み、天地のエネルギーに満ちているかのようだ。灼熱の太陽と風、海と砂から作られる「水塩の点滴」に作者は天地の神々の力、いわば神秘性を感受した。「点滴天地」の諧調に弾みを得た「力合せ」の遠心的な字余りが、悠久、雄渾の調べを一句にもたらしている。

一筋の糸引出すや繭躍る

『塩田』
昭和三十年

「丹波青垣町　十句」の前書を付す十句中の一句。他に「糸引き女糸口さぐる汗の細目」や「糸口のほぐれ難さよ晩夏光」といった句がある。

八月上旬から九月上旬まで丹波に滞在中、青垣町（現在、丹波市に合併）佐治に繰糸工場を訪ねた。「一筋」という繊細な把握と、「引出すや」の切れによって、釜に煮え立つ繭から、か細い糸を手早く取り出してゆく手際を写し取る。

座五「繭躍る」の躍動感が、製糸工女の生き生きとした働きぶりを伝えていよう。

夜学生教へ桜桃忌に触れず

『地聲』
昭和三十三年

35

明治大学の夜間部で非常勤講師を務めた時期の作である。「桜桃忌」は太宰治（一九〇九—四八）の忌日。

教室の窓明りに誘われて、おびただしい数の蛾や椿象《かめむし》が網戸に集まって来る。その網の目を通り抜け、小さい虫がノートの上を這ったり、髪や顔にまつわりついたりする。そうした中、勤労の疲れを見せず、学生は夜の講義に聴き入っている。彼ら苦学生に対し、退廃的な生活を送って自らを破滅させた太宰治を語ることに作者は意味を見出せなかったのであろう。夜学生に対する作者の深い理解をうかがわせる作品。

デモの年汗に腐りし腕時計

『地聲』
昭和三十五年

五月十九日、衆議院において新安保条約の批准が強行採決された。これが引き金となって、議事堂は連日、抗議のデモ隊によって包囲され、六月十五日、全学連の国会突入闘争の混乱のなか女子学生一名が死亡した。

掲句は、民主主義の擁護を叫ぶ大衆闘争の渦巻いた一夏を「腕時計」に象徴させたもの。汗が染み込み、どす黒く変色した革ベルトは亀裂による痛みが激しい。これは、警官隊との激突で汗と血を流した大衆の挫折感に連なる描写といえよう。

からからのひとでを拾ひ三鬼亡し

『地聲』
昭和三十七年

37

「三鬼氏葬儀の日、伊良湖崎にて」の前書を付す。砂浜には色とりどりのひとでが散らばっている。手に取ってみると、それは春陽に干からびていた。欣一の胸に虚無感が広がってゆく。この即物的描写と、「三鬼亡し」という断定的な響きによって、感傷に流されることなく、伊良湖岬より遥かに三鬼を弔った。

　昭和二十四年、西東三鬼に初めて会った欣一は「鶯を笑ひ甘藷《いも》提げ三鬼去る」（「風」昭24・4）と詠む。右城暮石が育てた甘藷を三鬼が土産に持ち帰ったというもので、その屈託無い人柄に欣一は惹かれたのであろう。

地の穴に紙燃ゆ暗殺の年の暮

『地聲』
昭和三十八年

38

　十一月二十二日、遊説先のテキサス州ダラスでケネディ大統領がパレード中に銃撃を受けた。

　世間は新年を迎える準備で活気づいているが、作者の胸中にはケネディ暗殺の衝撃が尾を引いている。庭の隅に穴を掘り、作者は紙くずを焼《く》べる。それは、たちまち炎に巻かれ、燃え尽きてゆく。「地の穴」の昏さ、「紙燃ゆ」の無力感が作者の陰鬱な内面をうかがわせていよう。

　ケネディ大統領暗殺事件が象徴する多難の年を回顧した作品。

良寛の乞《こつ》食《じき》のみち田植かな

『地聲』
昭和三十九年

良寛は江戸後期の禅僧、歌人。諸国を行脚し、越後に帰って国上山の中腹五合庵に落ち着いた。

五月二十四日、良寛遺跡吟行会に参加した欣一は、分水町、島崎、国上山を巡った。同時作に、「畦豆も植ゑ終りけり国上《くがみ》村」「たかんなに雨粒ひかる五合庵」がある。

掲句の中七「乞食のみち」は、良寛の托鉢生活に思いを馳せたものである。それが明るさを伴っているのは、良寛の純真な心に加え、季語「田植」が早乙女や田植歌の昔を連想させるためであろう。

伊豆の海紺さすときに桃の花

『地聲』
昭和四十年

三月上旬、東京句会の有志で伊豆に吟行した折の作。伊豆南端の海が紺色に彩られる時期の桃花の美しさを捉えたもの。

欣一は「戦後俳句検討㈣」（「風」昭39・1）の中で、虚子が世を去ったことで俳句界は混乱期を迎えているとして、「もっと本質的になり」「冷静になる必要がある」と説く。

掲句によって示された自然観照に基づく秀麗な絵画的作風は、俳句の固有性に泰然と向き合うことで生み出されたものであったといえよう。

高館の崖のもろさよ花菫

『地聲』
昭和四十一年

高館は岩手県西磐井郡平泉町にあったと推定される源義経の居館。芭蕉の「おくのほそ道」に「まづ高館に登れば、北上川、南部より流るる大河なり。」とある。掲句は北上川を望む断崖で詠まれたものである。

兄頼朝の平氏討伐に加わり東国武士を率いて武功を立てた義経だが、頼朝との間に不和が生じ、藤原泰衡の急襲を受けて自刃する。その泰衡は頼朝に滅ぼされた。

中七「崖のもろさよ」は、義経・泰衡両雄の滅亡の地に立った実感である。可憐な「花菫」に、作者は哀感を覚えたであろう。

棺かつぐときの顔ぶれ荒神輿

『地聲』
昭和四十一年

「栃木県佐久山天王祭　七句」の前書を付す七句中の末尾の句。同時作に「篠原に巴赤旗祭来る」や「注連《しめ》張れば燕よろこぶ奥州《おく》街道」などがある。

八月下旬、大田原市佐久山で天王祭を見物した。一切の言葉を抑圧して、しめやかに葬送の棺を運ぶ衆と、神輿を勇壮に担ぐ顔ぶれは同じであるという。祭礼の熱気が、根本において葬礼の哀調につながりをもつものであるということに作者は思い至ったのであろう。「棺」から「荒神輿」への転換は、村落の共同体意識の発揚を感じさせる。

群羊の一頭として初日受く

『地聲』
昭和四十二年

未年生まれの欣一の歳旦吟である。「群羊の一頭」が大衆の一人であるという作者の自覚を表すものとすれば、「初日受く」は、衆の幸せを願う語であったということになろう。

前年の五月、欣一は「『風』の二十年」（「風」昭41・5）の中で、「俳句の固有性、独自性を確立すること」を目標の中心に据え、波郷の「古典と相競ふ」という決意なくして「詩歌の進展は望めない」と述べる。

この決意のもと、掲句において社会性——大衆の幸福を希求する——が意識されたのではなかろうか。

黒板に繭玉の影受験塾

『地聲』
昭和四十三年

この年は、いわゆる「団塊の世代」が十八歳の受験期に達した頃で、受験競争は熾烈を極めた。

正月の夜も塾の窓は煌々と灯っている。合格祈願の繭玉が黒板に影を落とし、追い込みをかける塾生は講義に集中している。まさしく受験一色の青春だ。黒板に繭玉の「影」を捉えたモノトーンの描写が、哀愁をたたえている。

ちなみに、欣一は昭和四十一年に文部省から東京藝術大学に転任していた。

万燈のまたたき合ひて春立てり

『地聲』
昭和四十三年

45

「万燈籠　二月四日、奈良春日神社にて　八句」の前書を付す八句中の一句。中七「またたき合ひて」が幻想的な神事の世界を浮かび上がらせる。

欣一は「十五年の実感」（「俳句」昭42・6）において、「私にとつて社会性俳句は拡散運動であつたが、ここ数年は収斂作用に入つている。」という言葉で自身の方向性を明らかにした。このように純粋俳句の極へと作品を磨き上げてゆくことで、万燈籠の「雅」の世界は再現されたものといえよう。

明るくのびやかな声調が立春の喜びを伝える。

赤土《あかんちゃ》に夏草戦闘機の迷彩

『沖縄吟遊集』
昭和四十八年

昭和四十三年七月下旬から八月下旬まで、文部省より派遣されて沖縄本島に滞在した。この間、欣一は各地を巡遊する。『沖縄吟遊集』は、この時の体験に基づく書き下ろしの句集である。

掲句は那覇での作。本句集の巻頭に据えられたもので、「赤土」「夏草」「迷彩」という色彩の印象によって、沖縄固有の風土と、基地問題を描いてみせた。

那覇では他に、「黒人がタイヤ燃やせり土用浪」と詠む。これは、軍用ジープのタイヤを処分する黒人兵であろう。海鳴りの低い響きに、作者の批判精神が籠もる。

還らざる島苦瓜《にが》の汁ねばり

『沖縄吟遊集』
昭和四十八年

昭和四十七年五月十五日、沖縄が日本に返還された。東京都と那覇市で復帰を祝う記念式典が催されたが、膨大な基地は残されたままである。

「還らざる島」は、沖縄全面返還に至らなかった現実に対する作者の嘆きであり、「苦瓜の汁ねばり」が、そのわだかまりを感じさせる。

沖縄の祖国復帰後の実態は、「金網に青芝あればすべて基地」といった句に示されている。金網越しに豁然とひらけた青芝が、米軍基地の存続という現実を突きつけている。

日盛りのコザ街ガムを踏んづけぬ

『沖縄吟遊集』
昭和四十八年

48

コザは沖縄市の旧市名。ここは純農村であったが、第二次世界大戦後、全面積の七割を駐留米軍の施設に占められた。嘉手納飛行場もその一つ。夜のコザは米兵の歓楽街となり、その反動で昼中は静けさにつつまれていた。季語の「日盛り」が、人通りのまばらな街角を印象づける。欣一は、路傍の至る所に吐き捨てられたチューインガムを踏みつけてしまう。その不快感に加え、屈強な米兵の姿が連想され、彼は嫌悪感を抱いたであろう。「コザ街ガムを」の諧調と、「踏んづけぬ」の口語的表現が滑稽味と臨場感をもたらし、街を占拠する基地を風刺する。

炎天やをすめすの綱大まぐはひ

『沖縄吟遊集』
昭和四十八年

49

与那原大綱曳は、町を東西に二分して競う五穀豊穣の予祝行事で、雄綱《おづな》と雌綱《めづな》を繋ぎ合わせる神事が執り行われる。一本当たりの綱は重量五トン、長さ五十間（九十メートル）を誇る。

掲句は、炎天下で囃される雌雄の綱の結合を描写したもの。座五「大まぐはひ」は大綱の擬人化であり、土俗的な祭祀の一体感が漲っている。

綱が連結されると、豊凶を占う東西の引き合いが始まるのである。

夕月夜乙女《みやらび》の歯の波寄する

『沖縄吟遊集』
昭和四十八年

この句は暮色の濃い海辺に白波が寄せる景を詠んだもので、その美しさは、一つには沖縄の方言「乙女《みやらび》」の流麗な響きによるものといえよう。他に「太陽《てだ》」や「拝《うがん》」など沖縄方言の摂取は本句集を特色づけている。

欣一は「風木舎俳話（九）」（「風」昭49・10）の中で「沖縄では古くから海岸の白波を乙女の白い歯にたとえる」と記し、掲句が沖縄の伝統的表現を借りたものであったことを明かす。「乙女の歯」は乙女の微笑を想像させるが、その表情は、ほのかな夕月の光を帯びて、はかなげな情感を漂わせている。

月の色さす魂棚の箒草

『沖縄吟遊集』
昭和四十八年

51

この句は、沖縄滞在中の昭和四十三年八月八日（旧暦七月十五日）の満月の明るさを「月の色さす魂棚」と幻想的に描いたものである。

沖縄では盆花に箒草を供えて祖霊を招くのであろう。魂棚を色づける月明りは、古朴な風習を受け継ぐ沖縄の人々の清澄な心根を感じさせる。

欣一は「玉箒」（「風」昭50・1）と題する随想の中で掲句に触れ、大伴家持の「初春の初子のけふの玉箒《たまははき》手に取るからに揺らく玉の緒」（万葉集　巻二十―四四九三）の歌に思いを巡らせている。

花八つ手いかに本郷打毀し

『赤富士』

昭和四十三年

東京大学本郷地区キャンパスの安田講堂をめぐる学生と警官隊との攻防は、一九六〇年代の末に頻発した大学紛争を象徴する。

安田講堂の占拠は、八つ手の花が咲く穏やかな初冬の日常に影を落としていた。「いかに本郷打毀し」は、なぜ暴力に訴えるのか疑問を抱いたもので、作者は武装闘争に走る学生の殺伐とした心をはかりかねている。

翌年一月、機動隊によってバリケード封鎖は解除されたが、講堂は見る影もなく荒廃した。

旅人に涅槃会の雨一雫

『赤富士』
昭和四十四年

「二月日記抄」（「風」昭44・4）によれば、十五日、山口大学に転任する飴山実の送別同人句会に出席するため、浜松市へ赴いた。

季語の「涅槃会」は釈迦入滅の日（旧暦二月十五日）に営まれる法会で、「二月の別れ」ともいう。「涅槃会の雨」を旅立つ飴山へのはなむけとしたのである。「雨一雫」という明るく、静謐な春雨の趣が、涅槃絵を意識した作者の、ひいては送別に参集した人々のつつましい心気に響いてゆく。

鳥帰る水と空とのけじめ失せ

『赤富士』
昭和四十四年

54

「飴山実君山口大学へ転任、浜松にて送別会、九句」の前書を付す九句中の最後の句。二月十五日に浜松市の「聴濤館」で飴山実の送別会が行われ、十名ほどの「風」同人が集まった。

　掲句は、翌十六日の吟行で浜名湖を航行した折の句。同時作に「海苔の粗朶稲架木の如し遠つ湖《うみ》」がある。当日の空模様はあいにくの小雨であった。北方へ帰る鳥影の連なりが遠ざかり、雲間へ消えてゆく。湖面の果ては曇天と融け合い、水平線を定め難い。座五「けじめ失せ」は、索漠たる送別の心である。

蜻蛉《とんぼう》を翅《はね》ごと呑めり燕の子

『赤富士』
昭和四十四年

「立石寺、皆川盤水君と共に、十句」の前書を付す十句中の最後の句。同時作「青葉波寄せて山火事跡癒す」は、兵火で荒廃した後、円海によって中興された山寺の歴史と響き合う情景描写である。

産毛を青葉風にそよがせて、じっと息を潜めている燕の子は、親鳥の気配に、くちばしを広げて一斉にわめき出す。捕食者と被捕食者の一つながりの関係において、さらにいえば兄弟間において生存競争がすでに始まっているという自然界の実相を、中七「翅ごと呑めり」の迫真性が伝えている。

てのひらの鮎を女体のごとく視る

『赤富士』
昭和四十四年

56

「上越線越後川口の簗場にて、十七句」の前書を付す十七句中の一句。八月二十四日、志城柏の主宰する「花守」の二百号記念俳句大会に招かれて、越後川口の簗に遊んだ。手のひらに息づく鮎に、作者は心を奪われ見入っている。人肌のように滑らかな銀鱗が、若々しい女の肉体を想起させたのである。

　同想の句に「上《かみ》の山林檎色づく乳《ち》首ほど」（昭44）、「赤富士の胸乳《むなち》ゆたかに麦の秋」（昭45）といったものがある。自然と女体の調和した、みずみずしい生気が神秘的である。

赤富士の胸乳《むなち》ゆたかに麦の秋

『赤富士』
昭和四十五年

57

「赤富士、山中湖日本航空寮に遊び、三十句」の前書を付す三十句中の一句で、「豊満な女神」（『自註現代俳句シリーズ第二期⑰沢木欣一集』昭55）をイメージして詠まれたものである。同時作に「梅雨晴れの富士聳つ一糸まとはずに」や「郭公も声はばかれり全裸富士」といった句がある。掲句の中七に詠み込まれた「胸乳」は、読み手を神話の世界に導く古代語であり、朝日に染まる妖艶な裏富士の遠景と、黄金色の麦畑の近景が、豊かな恵みをもたらす女神としての富士の姿を浮かび上がらせる。

砂取り節うたへば応ふ磯鶫《つぐみ》

『赤富士』
昭和四十六年

十一月、角川源義と能登に旅した。二十一日は輪島に投宿し、翌二十二日は能登外浦を北上して曽々木に至り、馬緤の海辺で砂取節を聴く。

昔時、塩田に撒く砂は遠方から小舟で運搬された。その際の労働歌が砂取節である。欣一は「風の歴史と将来」（「風」昭44・5）の中で、塩田や紙漉など「滅びるもの」を詠むことが俳人の「使命」の一つであると説く。その使命感が掲句にも脈打っているものといえよう。

砂取節の哀調に呼応する磯鵯の澄んだ声が、日本海の荒海に砂取船の幻を呼ぶ。

嫁が君飢ゑの記憶の遠くあり

『二上挽歌』
昭和四十七年

季語の「嫁が君」は、三が日の間に用いられるねずみの忌みことばである。

正月早々、沢木家ではねずみが姿を現した。本来ならば駆除するところだが、万事に祝詞を述べる正月なので「嫁が君」と言祝《ことほ》いだのである。そこには、「飢ゑ」の記憶が薄れつつある暮らしへの感謝の念が込められていよう。敗戦直後、貴重な食料をねずみの害から守ろうとした経験が欣一にあったのかもしれない。そうした食糧難の記憶をかすかにとどめ、つつましい気持ちで彼は新年を迎えたのである。

塔二つ鶏頭枯れて立つ如し

『二上挽歌』
昭和四十八年

60

「二上挽歌（三十句）」と題する三十句中の一句で、「當麻寺」の前書を付す。十二月十六日、當麻寺に詣でた。上五「塔二つ」は同寺の東塔と西塔をさす。二塔は冬枯れの景の一部と化し、古色蒼然たる趣の極まった様相を呈している。天武天皇崩御の後、大津皇子は草壁皇子に対する逆心のかどで処刑され、二上山の頂に葬られた。掲句では、その無念の情が蕭条と冬景色を覆って東西の塔にまで及んでいるのである。

この日、欣一は飛鳥川のほとりの旅館に投宿し、翌十七日に大津皇子の墓所を目指して二上山を登った。

能登恋し雪ふる音のあすなろう

『二上挽歌』
昭和四十九年

61

能登地方にはヒノキアスナロ（あすなろの変種）が広く植林されている。欣一には、その美しい樹林の記憶が、能登を恋うよすがとなっているのだ。あすなろの葉を、みぞれまじりの雪が打つ。そのわびしい音に、「あすなろは今も雪に耐えているであろう」という作者のしみじみとした情感が籠もる。

明日はヒノキになろうという願望が、この木の名前の由来とされる。そうした俗説と、座五「あすなろう」の声調の余韻が絡み合って、掲句は追懐にふける作者の満たされない心をのぞかせている。

朴若葉胎蔵界の風吹けり

『二上挽歌』
昭和五十年

「胎蔵界（二十句）」と題して、「南院に泊り　六句」の前書を付す六句中の冒頭句。五月二十四日、和歌山県高野山の寺坊に止宿した。中七の「胎蔵界」は密教における両界の一つで、金剛界と対をなす。

　宿坊は静けさをたたえている。裏庭に植えられた朴の樹は若葉を茂らせ、みずみずしい大葉が清風に揺れ動く。この時、作者は胎内にいるような安らぎを得たのではなかろうか。「胎蔵」は母胎の意であるという。同じ前書の句に、「ふところに入りて仰げり朴の花」「むらさきの蕾割りたり朴の白」などがある。

落下傘部隊の墓や苔の花

『二上挽歌』
昭和五十年

前句と同じ題で、「奥の院　五句」の前書を付す五句中の冒頭句。五月二十五日、奥の院を吟行した。

太平洋戦争に没した空挺落下傘部隊将兵の慰霊碑の裾に「星のような小さい白い花」（『自註現代俳句シリーズ第二期⑰沢木欣一集』昭55）が咲いていた。その素朴な風情が、慰霊碑のひっそりとした佇まいを伝えている。傘状の苔の花は、地上戦に加わるために敵中へ降下してゆくパラシュートを連想させる。多くの若い命が戦場に投入された歴史を繁茂する白花に象徴させた作品。

立冬のことに草木のかがやける

『二上挽歌』
昭和五十年

64

立冬を迎えた緊張感が、草木を輝かせている。「かがやけり」と明澄な響きのi韻で言い切るのではなく、「かがやける」のu韻を伴う連体止めの余韻のうちに、初冬らしい穏やかな光彩を描いてみせた。後に欣一は「還暦座談（七）」（「風」昭55・8）の中で、「野の草でも雑草でもせいいっぱい生命を保って、それを伸ばしてる」として、「平凡なものにでもよさを見つけてゆく」ことを説く。この言葉は、掲句に裏づけられたものといえよう。とすれば、座五「かがやける」は、精いっぱい生きる自然の姿を捉えたものであったということになる。

雀の巣あるらし原爆ドームのなか

『遍歴』
昭和五十二年

五月二十九日に平和記念公園を吟行した折の句。原爆ドームの内部に雀の巣を発見し、それを同行者に伝えたときの言葉が、そのまま句になったという印象を受ける。この即興性が、被爆地という重苦しさを幾分やわらげていよう。

昭和二十年八月六日、旧広島県産業奨励館の上空で原子爆弾が炸裂し、建物は爆風と熱線で壊滅した。その焼け跡に今、雀が命をつないでいる。ひな鳥を風雨から庇護する廃墟の描写を通して、平和への祈りのうちに生命へのこまやかな情愛を示した作品。

天の川氾濫したる山の国

『遍歴』
昭和五十二年

66

「丹波　十句」の前書を付す十句中の一句。冒頭で「妻の里近し鮎鮨買ひ得たり」と詠んだ欣一は、丹波の清流に育まれた鮎を素材とする鮨を得て、妻の郷里が近いことを実感した。

夜、彼は刻々と変化する星空に瞠目する。同時作「生きもののごとく動けり天の川」は、夜空を這うように漸増する星々を描いたものだが、掲句では、この「天の川」が天変地異を引き起こす。「氾濫」は、山国の澄んだ夜空に激増する星の輝きであり、そのダイナミズムに驚嘆する作者の心の内がうかがわれる。

134 — 135

荒縄の鮭寂光を放ちをり

『遍歴』
昭和五十二年

67

「芸大九十周年記念展、高橋由一の絵に　二句」の前書を付す二句中の一句。他に「断面の紅透き通り吊し鮭」と詠み、透明感を出す油絵の技法を俳句に再現してみせる。いずれの句も、半身を切り取られて赤身をさらした鮭画に寄せられたものである。高橋由一は明治初期の代表的洋画家。「鮭」は由一の主要作品の一つで、鮭を吊るそそけた藁縄の細密描写を、欣一は「荒縄」と捉えた。ここに、油絵と俳句双方のリアリズム精神が交叉する。鮭のうろこの深い光沢を「寂光」と表現した欣一は、由一の油彩に東洋的な美を見出したのである。

136 — 137

枯山に火を点じたり雉子の頬

『遍歴』
昭和五十三年

「奥多摩、星竹の鳥類試験場　十三句」の前書を付す十三句中の冒頭句。同時作に「月の輪や高麗雉子の頸飾り」がある。いずれの句も、「枯山に火を点じたり」や「月の輪」といった心象、いうなれば創造的個性が、雉の頬を情熱的に、また、その頸を典雅に描く。

掲句は「枯山」と「雉子」の季の重なりが浅春の奥多摩の景を浮かび上がらせる。その寒々しい山中に燃えている一点の火が、繁殖期を迎えてあかあかと輝く「雉子の頬」に結びつくことで、命のつながれてゆく季節の到来を予感させるのである。

生き過ぎて卯波の白をまぶしめり

『遍歴』
昭和五十三年

「卯波」は卯月（陰暦四月）の頃に立つ波。波頭を卯の花の盛りに見立てる。上五「生き過ぎて」は、戦争で命を落とした同世代に恥じる思いであり、そうした思いを抱いて、作者は卯波に対している。荒れた海には白波が立ち、この時期特有の不安定な空模様である。それは、戦後を今日まで生き長らえてきたという複雑な思いに暗合する景であった。しかし、座五「まぶしめり」は、躍動する自然への抑えがたい憧憬を打ち出したもので、真っ白に砕け散る波頭が、せり上げられてゆく心情の極点を具象化しているのである。

野に出でて鈴振るばかり偽遍路

『遍歴』
昭和五十四年

「遍路、四国八十八札所、一番霊山寺より十番切幡寺まで十里十箇所を齋藤一郎君と歩く　三十句」の前書を付す三十句中の一句。他に「蝌蚪の陣金剛杖ではげませり」などの句がある。三月二十九、三十日に遍路の身となって鳴門市の霊山寺から切幡寺まで歩いた。「鈴振るばかり偽遍路」という道化た詠みぶりが哀愁をそそる。欣一は「風木舎俳話（三十一）」（「風」昭54・1）の中で四国遍路の旅を前に、六十年を「生かさせてもらった」として、罪やけがれが三、四日の遍路で消えるはずはないが「贖罪の気持も強い」と記す。

緑蔭に赤子一粒おかれたり

『往還』
昭和五十五年

青葉のそよぐ木陰に赤ん坊が寝かされている。「赤子一粒おかれたり」の写生には、大地にまかれた種子の生命力にあやかって、緑樹のように育ってほしいという祈りが込められていよう。

欣一は、赤ん坊を庇護する「緑蔭」に平和を象徴させたのではなかろうか。彼は「還暦座談（2）」（「風」昭55・2）の中で、「生と死という問題を戦中派はいつも考えていた」として、「戦争に子供が行くといったらね、歎いただろうと思うんです。六十になってやっとそういうことが分った」と述べる。

白菖蒲風の離れるときゆらぐ

『往還』
昭和五十五年

東京都葛飾区の堀切菖蒲園では、安積山（福島県郡山市）の麓にあったと伝える歌枕「安積の沼」に由来する花菖蒲が見頃であった。同時作に「葛飾や安積の沼の花菖蒲」がある。掲句は、白菖蒲にからみついて離れてゆく風の微妙な流れを捉えたもの。その清新な詠みぶりが、歌枕への憧れを感じさせる。

欣一は「還暦座談（七）」（「風」昭55・8）の中で、「平凡なもの（補、一木一草）にでもよさを見つけてゆく」ことを説く。こうした視点が、白菖蒲に新たな命を吹き込んだのである。

乗り出して鵜の仔ついばむ松の芯

『往還』
昭和五十六年

「知多半島にて　六句」の前書を付す六句中の一句。五月三日、愛知県知多郡美浜町上野間の鵜の山を吟行した。他に「苗代の水ひゞかせて鵜の鋭声」や「親を待つ鵜の雛のどをふるはせて」などの句がある。この繁殖地の川鵜は、堂前池に面した赤松の樹上に営巣する。

掲句は、直立してこぞり立つ「松の芯」に興味津々たる「鵜の仔」を描いたもので、その好奇心の強さを読者の眼前に「乗り出して」「ついばむ」と躍出させた。

晩春の日ざしのなか、生きとし生けるものが生を謳歌している。

妻の筆ますらをぶりや花柘榴

『往還』
昭和五十六年

「埼玉県新しき村の窯　六句」の前書を付す六句中の一句。他に「村涼し素焼の壺の生ま乾き」などの句がある。七月十八日、埼玉県の新しき村（入間郡毛呂山町に開設された生活共同体）を訪れ、「風」俳句展（俳句文学館）のために皿や壺に染筆した。

中七「ますらをぶり」は、妻の書風に、万葉集の雄勁な歌風を重ね合わせた讃辞であり、妻が見せた男性的な筆遣いに意外性がある。この讃美の心は、梅雨明けの空に向かって美しく咲く「花柘榴」に定着してゆくのである。

瓜坊の花野の寝床月のぞく

『往還』
昭和五十六年

75

「丹波氷上郡ほか　二十八句」と題する二十八句中の一句。八月十九日、綾子と丹波に一泊した。この時、「白日下ゐのししの鼻掘りし穴」や「子を連れて来し猪《しし》跡と教へらる」など、猪の痕跡に触れた体験を詠み、その余韻の中で「月飛ぶやゐのしし籠る奥の山」の句を作る。

　掲句は、奥山に籠もる瓜坊の愛らしい姿を空想したもの。花野の褥を月がのぞき込むという童話的な世界は、自然への愛情を柔軟に表現する作者の浪漫性をうかがわせるとともに、うらさびしい秋の風情が余韻となって、瓜坊への哀れを誘うのである。

152 ― 153

冬の鹿一縷の水を飲みゐたり

『往還』
昭和五十七年

「奈良にて『風』全国大会　二句」の前書を付す二句中の一句。十一月下旬、枯草の入り交じった野芝に流れる一縷の水を頼みに、鹿が命をつないでいる。市街地で暮らす鹿も野生動物であることに変わりはなく、冬の到来が鹿の生死を分けるということに作者は改めて気づかされた。

同時作に「飛火野の発止と鹿の頭突きかな」の句がある。「角突き」ではなく「頭突き」とあるので、角を切り落とされた雄鹿同士の争いであろう。頭をぶつけ合う鈍い音が、初冬の飛火野にわびしい。

天城嶺の残雪斧のかたちなす

『眼前』
昭和五十八年

「伊豆、嵯峨沢温泉にて　三句」の前書を付す三句中の冒頭句。他に「伊豆の湯の石みな丸し冬菫」の句がある。二月十一日、嵯峨沢温泉の湯宿「嵯峨沢館」で開かれた「風」同人総会に出席し、翌日は句会の後、浄蓮の滝、伊豆の文学館（天城山麓）を巡り、修善寺の「菊屋」に投宿した。上五の「天城嶺」は、天城連山の最高峰を眺望した感動を打ち出したものである。早春の天城山に、厚く堅牢な斧の刃を思わせる残雪が輝きを放っている。幕府直轄の御料林であった同山の伐木の歴史を背景とする豪壮な比喩といえる。

地の底へ一縷の秋の光垂る

『眼前』
昭和五十八年

78

「中村草田男氏葬儀、目白の教会にて　八句」の前書を付す八句中の一句。他に、「秋天へ着流しのまゝ逝き給ふ」や「荒れかわく砂抽んでて合歓の花」などの句がある。

欣一は「風木舎俳話（八十六）」（「風」昭58・9）の中で、草田男から「大きな俳恩」を受けた初学時代を振り返り、「巨星堕つの感で、いまだ茫然としている。」と記す。上五の「地の底」が寓するところは、会葬者の深い悲しみであり、草田男を召した秋天の陽光が、地底の暗闇に嘆き合う人々を癒そうとしている。

笛の音の一気に春を呼びにけり

『眼前』
昭和五十九年

「岐阜県能郷《のうごう》白山の猿楽　十一句」の前書を付す十一句中の一句。四月十三日、根尾村（現、岐阜県本巣市）の白山祭で奉納される猿楽を見物した。他に「雪山の日を集めたり翁面」や「雪解けの大地めざむるたたら踏み」などの句がある。翁面は中世より伝承されたものを用い、劇的な舞が大地を目覚めさせる。

掲句は、千古に響く素朴な笛の音に、春の息吹を実感したものである。谷あいの小さな村に能・狂言の源流が根強く生き続けている。その姿に触れた作者の高揚感が、春を一気に招来する笛の調子に表されている。

冬の瀧心棒立てゝとゞろけり

『眼前』
昭和六十年

80

「四十四年ぶりに箕面に遊ぶ　九句」の前書を付す九句中の一句。十一月二十三日に箕面を訪れた。他に「冬深し女瀧の縷々と岐れたる」などの句がある。

「新春座談㈢『風』と共に四十年」（「風」昭62・3）の中で欣一は掲句に触れ、滝の中心に「鉄線か何か、しなやかなしん」が通っており、それが「水の動きをつかさどっている」ように感じられたと述べている。しなうように落ちてゆく冬滝の神秘に触れた感動を雄渾に描いた作品。

昭和十七年に綾子と紅葉を見て以来の箕面であった。

帰る雁列を直せり海の上

『眼前』
昭和六十一年

三月九日、蒲郡から高速船に乗って伊良湖崎へ渡った。他に「百千鳥伊良湖岬の鷹の山」「鵜の飛翔海の霞を引き裂けり」「残る鴨鉄橋下にたむろせり」と詠み、野鳥の集まる岬、外洋、内湾の景観をパノラマ的に描く。

掲句は春の渡りを捉えたもの。北方の繁殖地を目指す雁の棹は互いの息が合っていないように見えたが、ほどなく一糸乱れぬ列をなして遠ざかっていった。美しく完成された飛雁の連なりが物悲しさを帯びているのは、季語「帰雁」の本意に加えて、座五「海の上」の体言止めによる余韻が、長い旅路を感知させるためである。

秋涼し魚木に上る水鏡

『眼前』

昭和六十一年

「竹生島　十六句」の前書を付す十六句のうちの一句。八月二十五日に竹生島の弁天堂や観音堂などを拝観した。「水鏡」の語が示すように、島の樹枝を投影する澄んだ湖面は、初秋の涼しさを感じさせる。中七「魚木に上る」は、謡曲「竹生島」の一節「緑樹影沈んで魚木にのぼる気色あり」を踏まえたもので、湖上から竹生島を眺める一こまを俳句に取り込む。同時作「秋の嶋金輪際に浮びけり」も、「竹一夜のうちに金輪際より湧出したる島なり」を発想とするものであり、いずれの句も謡の詞章を借りることで竹生島の風光の神秘を描いてみせた。

西鶴置土産にて講終る冬うらら

『白鳥』
昭和六十二年

「一月、東京芸大最終講義」の前書を付す。

昭和二十五年、大学教養部のテキストとして『西鶴選集』（福音館）を編んだ欣一は凡例に「西鶴の文学精神を概観」するためのものであると記す。金沢大学で教師として歩み始めた頃であった。

東京藝術大学での最終講義に臨み、教師生活の原点ともいえる「西鶴の文学精神」を学生への置土産にしたとき、若き日の情熱が胸によみがえったであろう。

季語「冬うらら」が、退官を迎えた作者の、曇りのない穏やかな心境を物語っている。

中伊豆の休耕田の土筆かな

『白鳥』
昭和六十二年

「嵯峨沢温泉　五句」の前書を付す五句中の一句。他に「土筆野に子を抱きたまふ観世音」「陰神《ほと》の辺に落椿べたべたと」など。三月十九日、東京藝大の同僚と伊豆修善寺に詣で、嵯峨沢温泉に一泊した。掲句は、「中伊豆の休耕田の」と「の」で送られてゆく伸びやかな調べが駘蕩たる気配を漂わせている。「中伊豆」の地名表現によって、読者は温暖の地にはびこる土筆のありさまを思い浮かべることができよう。休耕田一帯の荒土を割って群生する土筆は旅愁を誘うもので、その詠嘆性は「かな」に裏打ちされている。

群集の黒白黄の肌冬の汗

『白鳥』
昭和六十二年

十一月六日から十二日にかけてアメリカ西部を旅した。この間、欣一は日米親善俳句シンポジウムで「俳句の心」と題して講演する。

掲句は、「サンフランシスコ、ピアー三十九桟橋　九句」の前書を付す九句中の一句。「黒白黄」の汗ばんだ肌が入り交じる人波の熱気はアメリカの多様性の力といったものを欣一に感じさせた。

同時作「歯の立たぬ殻固き蟹こゝ西部」は、西部の武骨なイメージを俳味豊かに表現している。この地はかつてゴールドラッシュに沸いた。

秋すだれ毛沢東バッヂがらくたに

『白鳥』
昭和六十三年

「西安　十四句」の前書を付す十四句中の一句。他に「燈火親し文革に手足萎えし人」「少女の名胡燕といへり濁り酒」などがある。十月五日から十二日にかけて北京・西安を周遊した。毛沢東の肖像入りの「毛沢東バッヂ」は、文化大革命が一九七六年に収束するまで、毛に忠誠を誓う人々の胸に付けられた。座五の「がらくた」が文革の価値を否定しさった中国人民の歴史認識を即物的に表している。その一方で、季語「秋すだれ」の風情は、時代にそぐわなくなったバッヂに哀愁を覚える作者の内面をうかがわせていよう。

上州の空つ風沁む赤煉瓦

『白鳥』
昭和六十三年

「富岡市、明治五年創立の官営製糸工場　三句」の前書を付す。他に「冬の菊生糸に支へられし御代」「絹の下着眺めてをれば冬の百舌鳥」がある。

十二月五日、富岡製糸場を訪れた。前年に操業を停止し、製糸の歴史に幕を下ろした赤煉瓦造りの工場に、上州の空っ風が吹きすさぶ。欣一は「風木舎俳話（百六十）」（「風」平元・12）の中で、「廃れゆくものに対する哀惜の情の無いところに詩は生まれない。」と記す。掲句でいえば、「沁む」の一語に「廃れゆくもの」への「哀惜」が込められているということになろう。

八雲わけ大白鳥の行方かな

『白鳥』
平成元年

「昭和終り平成となりし日、瓢湖にて　四句」の前書を付す四句中の冒頭句。一月七日に昭和天皇が崩御した。同月九日、欣一は新潟県の瓢湖を訪れる。上五「八雲わけ」は、日本神話における「八雲立つ出雲八重垣妻籠みに」の歌を連想させる語であり、立ち上る雲の美しさが、「大白鳥」の飛翔に神秘性を与えている。それが哀感を帯びているのは、白鳥の行方を追う欣一の詠嘆──漂泊の心によるものといえよう。「平成」が平和な時代を歩むことができるのか、戦争体験を負って生きる欣一は、明るい未来をはっきりと思い描くことができないのである。

人間の宿泊禁ずと地下余寒

『白鳥』
平成二年

駅の地下道などに居を構えるホームレスが多かったのだろう。欣一は「風木舎俳話（二百五）」（「風」平6・2）に「戦後は零《ぜろ》から出発して経済成長を遂げたというものの心は貧困を極めている。」と戦後社会の明暗に触れる。これは、掲句の「人間の宿泊禁ず」の冷然とした言葉に連なりをもつものといえよう。同年の作に「レーニンへ帰れと叫ぶ年の暮」がある。この句は御茶ノ水駅前の嘱目で、マルクス主義へ回帰せよという叫びに共感を覚えたものだ。これらの句には、全ての人が救われる社会であってほしいと願うヒューマニティーが底流する。

戦争の砂漠が写り蜆汁

『交響』
平成三年

一月十七日、米軍を中核とする多国籍軍は、「砂漠の嵐」と称する作戦を開始してイラクを空爆した。湾岸戦争の火蓋が切られたのである。

食卓で蜆汁をすすっていると、この軍事行動がテレビの画面に映し出された。掲句を仮に、「戦争の砂漠写れり・蜆汁」と中七で切った場合、映像の事実と蜆汁は断絶され、遠国の紛争に対する作者の痛痒といったものは稀薄となる。ここでは、あえて切れを弱めることで、作者の生活感情に国際紛争が暗い影を投げかけた瞬間を捉えている。

遠野なる河童の皿の氷かな

句集未収録
平成三年

一月三十日、遠野のカッパ淵を吟行した折の句。常堅寺の境内に置かれた河童狛犬の頭の窪み（皿）には力の源である水が湛えられているはずだが、その日は氷が張りつめていた。「氷かな」の詠嘆は、このように皿の水が凍っていては河童の力も封じられているであろうというユーモアと哀愁を込めたものである。

平成六年七月二十八日、欣一は掲句の句碑の除幕式に出席するため、同寺の境内を訪れる。この旅で彼は、「水浴びの子を見ず遠野晩夏かな」と詠み、遠野の原風景を愛惜した。

一つ星真上にささげお水取

『交響』
平成三年

92

「二月堂　二句」の前書を付す。同時作に、「春泥に火花とび散るお松明」の句がある。

三月九日、奈良東大寺二月堂の修二会で、お水取を拝観した。修二会は天平勝宝四年（七五二）に始まったと伝えられ、二月堂の真上に輝く「一つ星」が、この行法の不退の歴史を象徴する。

お水取が済むと奈良に春が訪れる。夜気の緩んだ空に、ひときわ美しい「一つ星」が潤いを帯びて瞬いているが、それは、お松明の浄火を浴びて生気に満ちてゆく作者の感覚に通じていよう。

ひきがへるバベルバブルと鳴き合へり

『交響』
平成三年

庭で鳴き交わすひきがえるの声が「バベルバブル」と暗示的に聞こえてきた。「バベル」は旧約聖書に記すバベルの塔を指す。不安定な国際情勢や環境汚染の悪化は人間の倨傲《きょごう》がもたらしたものであると見て、欣一は塔の崩壊を危惧しているのだ。「バブル」はバブル景気の後退を風刺するが、この時期、国民の間では経済の低迷が実感されていない。「バベルバブル」は虚飾に満ちた社会、愚行を演じる世の中への警鐘といえそうだ。

前年に欣一は「今年まだ初氷見ず世紀末」と詠み、身辺の自然の変化に人類没落の翳りを見て取っている。

冬日にほふ春秋の間の白障子

『交響』
平成五年

「皇居」の前書を付す。十一月三日、勲三等旭日中綬章に叙せられた欣一は、十五日に勲章伝達式（国立劇場）に出席した後、皇居の「春秋の間」に通された。大広間の壁面には、春霞のかかる松と、霧の中の北山杉が描かれている。

上五「冬日にほふ」は、どこか懐かしい気持ちにさせるという点で、戦中・戦後の自己の歩みを追懐する欣一の内面の機微に触れるものといえそうだ。座五「白障子」の体言止めによる余韻が、天皇陛下に拝謁するときを待つ静謐な時間の流れをつくり出している。

戦闘機茅花流しに構へをり

『交響』
平成六年

「那覇空港　二句」の前書を付す二句中の一句。三月十二日から十四日まで沖縄を巡った。季語「茅花流し」は、茅の花穂がほぐれる時期に吹く南風をいう。作者は典雅な響きをもつ季語を配して、好戦的な戦闘機を風刺する。

座五「構へをり」は、戦闘機の威圧感、英姿といったものを表現する。しかし、それが敵を仮想しているというよりも、南風と対峙しているように見えるため、そこに基地存在のむなしさが強調されてくるのである。

湿っぽい茅花流しが沖縄の悲哀を含んで戦闘機を吹き抜けてゆく。

浦上キリシタン深雪《み》に埋もれ消えにけり

『綾子の手』
平成七年

「卯辰山耶蘇殉教地、明治二年より六年まで五百五十名が浦上より移され幽閉　四句」の前書を付す四句中の一句。十月十四日、金沢の卯辰山に登った折の作である。長崎の浦上村へ送還されるまでに、百余名のキリシタンが雪深い山中の牢舎で信仰に殉じた。座五「消えにけり」は、その崇高な魂に対する詠嘆である。同時作「谷底の百合義のために幸ひなり」は、「義のため迫害される人は幸いである」と刻まれた殉教者の碑文に「谷底の百合」を取り合わせたもので、イエスの祝福を支えとした信徒の清廉な境地が百合の花に託されている。

革命ヲ期スと刻せり山笑ふ

『綾子の手』
平成八年

「四高階段教室、机の落書より　四句」の前書を付す四句中の一句。三月十日、明治村（愛知県犬山市）を訪れた。ここに四高の階段教室が移築されている。机上の落書に懐かしさを覚えた欣一は、「革命ヲ期ス」という刻字に目を留めた。それは、四高生の剛健や情熱といった気風を物語っている。四高時代の欣一は、人間探求派に追随して花鳥諷詠に抗した。「革命」の二文字は、文学上のものとして欣一に受け止められたのではなかろうか。季語「山笑ふ」が、激動期の青春の血潮をほほえましく振り返る老境を感じさせる。

泥の好きな燕見送る白露かな

『綾子の手』
平成九年

98

「九月六日、綾子逝く」の前書を付す。この日、綾子は九十歳の生涯を閉じた。綾子の句に、「つばめ〳〵泥が好きなる燕かな」(昭13)がある。「つばめ〳〵」「燕かな」のリフレインが童歌のように懐かしく響く。その綾子の純真をモチーフに、掲句は詠まれた。

綾子の魂魄は「泥の好きな燕」に宿り、南方へと渡ってゆく。次の春、つばめは日本に戻ってくる。しかし、故人は戻らないという思いを欣一は強くしたであろう。

季語の「白露」が、欣一や長子太郎など、残された者の心底に凝っている悲愁を伝えている。

春鰯二階暮しや発心寺

『綾子の手』
平成十年

99

「金沢」の前書を付す回想句。「春鰯・二階暮しや・発心寺」の三段切れによって、胸中に去来する思い出を次々と映し出している。敗戦後、金沢に居を定めた欣一は、綾子と結婚して一男をもうけ、発心寺の二階を間借りした。昭和三十一年、欣一の文部省への転任を機に、一家は金沢から武蔵野に転居する。

春先、食卓に上る鰯に、欣一は金沢時代の家庭生活を追想する。日本海側では春が鰯の盛漁期であった。麗かな季感が、「二階暮し」という戦後の貧しさを明るいものにしている。

妻の裸初めて描《ゑが》き征きにける

『綾子の手』
平成十年

「『無言館』にて十一句、信州上田市別所、美校出の戦歿学生三十余名の遺作、遺品を展示せり」の前書を付す。他に「最後の絵道の彼方に冬の空」などがある。欣一は、若妻をモデルにした裸婦画に見入る。美校を出てすぐに二人は結婚したのであろう。しかし、夫は間もなく出征する。二人に残された時間は短いが、妻の裸体を描くことで、青年は永遠の愛を清らかに表現した。中七「初めて描き」に青春のみずみずしさを感じとることができるが、座五「征きにける」とu韻で結句した重い調べが、帰還の叶わなかった現実の暗さを響かせている。

思想詩としての俳句

日本統治下の朝鮮

沢木欣一は大正八年、富山市梅沢町に生まれた。富山中学校で教鞭を執る父茂正が、宇佐中学校（大分県宇佐町）を経て、京城第一高等普通学校に転じたことで、一家は京城府（現ソウル）並木町に移住する。以後、朝鮮各地（咸興府雲興里、全州府花園町、元山府明治町）を転々とした。昭和七年、欣一は元山公立中学校に編入し、原子公平を知る。野球部に所属し、全国中等学校優勝野球大会（現在の甲子園）の朝鮮地区予選に出場した。

昭和十四年、第四高等学校の入学試験に合格した欣一は、金沢の蛤坂新道に下宿する。この頃、彼は水原秋櫻子主宰の「馬酔木」に投句して本格的に俳句を始め、夏には座談会「新しい俳句の課題」(「俳句研究」昭14・8)を読み、人間探求派(中村草田男・加藤楸邨・石田波郷)に魅了される。

それとは別に、当時の欣一は中野重治に傾倒した。重治文学を貫くヒューマニティーが、大日本帝国統治下の朝鮮で育った欣一の心を捉えたものと思われる。後年、欣一は重治文学の特色として、

○被圧迫者に対する人間的心情。
(「中野重治素描」昭22・6 文華)

を指摘し、「回想の故郷」(「北国文化」昭25・9)と題する随想の中では、「日本の帝国主義下において、朝鮮の人たちは手も足も出なかつた。ぼくは世界でもつとも完ぺきな帝国主義であつたろうと思う。」と述べ、朝鮮の歴史を教科書から抹殺し、全ての朝鮮人に対して朝鮮語を禁じ、姓名を日本式に改めさせるといった皇民化政策の実施に対し、「これほどの民族的侮辱はない」と慨嘆する。

朝鮮解放

昭和十七年、東京帝国大学に進んだ欣一は、楸邨主宰の「寒雷」で頭角を現すが、翌年、金沢の山砲隊に入営することが決まった。同十八年十月三十日、応召を前に大洗で壮行会が開かれ、翌三十一日、欣一は夜行で上野駅を発って金沢に向かう。

満州に渡った欣一は牡丹江に駐留中、胸部疾患のため陸軍病院に入院した。復帰後は綏芬河方面で陣地構築に従事し、老黒山で越年して釜山に南下する。部隊が実際の交戦に及ぶことはなかったが、過酷な兵隊生活であった。

昭和二十年八月十五日、釜山で終戦を迎えた欣一の部隊は、汽車で京城に入る。この時の模様を欣一は、「京城の街の朝鮮の人らは朝鮮解放に酔い、居酒屋が街道にハンランし、ラジオはアリランの譜と『蛍の光』の曲をぶつ続けに鳴らしていた。ものかなしい『蛍の光』の曲をききながら、ぼくは激しい感動を覚えた。複雑な気持――戦争の終つた喜び、今まで帝国主義下にじつとたえてきた朝鮮の人たちの解放の喜びへのいくらかの共感」それと共に「ぼくの故郷ともいうべき地からの別離の情であつた。」（前出「回想の故郷」）と記す。

九月に同地を離れ、漢江を経て天安に行き着く。原子公平の「感傷日記（六）」（「風」昭34・4・5月合併号）によれば、この頃、欣一は公平に宛てた葉書（九月二十日着信）に、「我々の仲間で最も立派な同人雑誌を出したい」と書いている。朝鮮の解放を目の当たりにした欣一は、思想の自由（戦争によって統制されて来た）を表現する場として同人雑誌の創刊を熱望したのではなかろうか。

復員の翌年、具体的にいえば昭和二十一年五月、敗戦後の貧しさと混乱のなかで「風」を創刊した欣一は、「俳句における文芸性の確立」を理念に掲げ、花鳥諷詠が主流を占める俳壇に対して批判を強めてゆくのである。

内灘事件

欣一は「社会性について二、三」（「俳句」昭30・11）の中で、戦時下において俳句は思想を制限されて来たと記す。これは、治安維持法によって新興俳句運動の中心人物が検挙され（昭和十五年二月十四日——平畑静塔・井上白文地他、五月三日——石橋辰之助他、八月三十一日——西東三鬼、同十六年二月五日——嶋田青峰・東京三〔秋元不死男〕他）、自由主義的、反戦的思想が弾圧された事件を念頭に置いた言であろう。欣一は、「この制限されて来た思想を俳句の上で自由に開花させるために皆苦労しているわけである。自由を守ることが如何に困難であるか、ぼくらは戦争中に骨身を通して痛感した。個人の自由を守ることすら困難であつた。まして衆の自由はなおさら難かつた。衆の自由なくして個人の自由は結局守ることが出来ない。」「大衆の自由と平和をこいねがい、よりよき明日を求める思想、これは日本人万人のものであるに違いない。」と記し、俳句に盛る思想内容を規定してみせた。それは、大衆の自由と平和を希求するもので、思想詩としての俳句を強く意識した言葉であったといえよう。

この頃、彼は、

○他者との連帯感、親和感を作句の根底にもつ新しい方向性。

を模索している。座談会「三十代俳人をめぐつて」(「風」昭30・4)の席上で欣一は金子兜太の「意志ある温き手梅雨河ひととこ白波立つ」の句の「意志ある温き手」に着目し、「対他者への親密感」すなわち「我々という感情」から出発している点に「新しさ」を認め、「三十代の方向は、他に対する呼びかけの精神」を根底に「社会性」を獲得しようとして「自分の外にあるものに対する連帯感を出そうとしている」と説く。また、「戦後俳壇新人論(一)」(「俳句」昭31・3)では古沢太穂の「啄木忌春田へ灯《とも》す君らの寮」の句を挙げ、「この句には働く者への純粋な親和感と暖かい励ましの心が芸術的完成度をともなつて形象化されている。」と評した。

これらの所説の前後、欣一は内灘事件(昭和二十七年から同二十八年)を作品化し、自解を示している。石川県河北郡内灘村(現内灘町)の砂丘地が米軍試射場として接収され、村民が試射中止と土地の返還を求める運動を展開した。この基地闘争を題材に欣一は

鉄板路隙間夏草天に噴き　　　　昭29・1　風

と詠む。これは「内灘にて」と題する五句中の一句で、「自集自註」（「天狼」昭31・4）に「反対闘争も空しかつた。ぼくは鉄板路なるものを初めて見た。隙間から既に草の穂が出ていた。この草のように民族の意志は死なゝいだろうと思った。」と語る。「民族」は出自・文化・歴史を共有する親近感に支持された言葉であり、他者との連帯を強く意識させるものだ。

欣一の唱道する社会性俳句は、他者との連帯感、ひいては民族意識の自覚に支持されて、平和思想の表現を志向してゆくものであったといえよう。

沖縄基地問題

戦後から現在に至るまで民族の自由と平和を脅かし続けているのが沖縄の基地問題である。

赤土《あかんちや》に夏草戦闘機の迷彩　『沖縄吟遊集』

金網に青芝あればすべて基地

これらの句は米軍基地が沖縄に食い込んでいる現実を描いたものである。昭和四十七年五月に沖縄は日本に返還されたが、欣一は

還らざる島苦《にが》瓜の汁ねばり　『沖縄吟遊集』

と詠み、全面返還に至らなかった民族の辛酸を打ち出す。

彼は第四句集『沖縄吟遊集』（昭49　牧羊社）の「あとがき」に、「沖縄の復帰は実現したが、いろいろ大きな問題をかかえている。」と懸念を示しつつ、語を継いで「古来人間と自然が一体となって生き抜いて来た沖縄文化の原型が、いつまでも生命を持続し、更に発展することを願って止まない。」と述べているが、沖縄文化が基地問題に屈伏することなく永続してゆくことを願う欣一の心懐は、内灘闘争に見出された「民族」の不屈の精神との連なりを感じさせるもので、本

句集に収録の

炎天やをすめすの綱大まぐはひ　『沖縄吟遊集』
踊り子のすり足草の穂をすべる
祝女在《いま》す芭蕉で葺きし神の家
牛の額《ぬか》血のにじむまで鉢合せ

といった「沖縄文化の原型」を留める作品群は、沖縄の人々の精神的支柱の描写、言葉を換えていうならば、未来に向かって持続、発展してゆく民族精神の形象化であったということになるのである。

戦闘機茅花流しに構へをり　平6・8　俳句

これは「沖縄吟遊」と題した五十一句中の冒頭句である。沖縄が日本に返還されてから基地の整理・縮小はほとんど進んでいなかった。茅花流し（湿った南風）が作者の深いため息を感じさせる。

湾岸戦争

民族の自由と平和を尊重する欣一の思想は、日本統治下の朝鮮で育ち、戦争の終結を同地で見届けた体験を根にもつものと考えられるが、父茂正が朝鮮の人々に同情的であったという点も見落としてはなるまい。後に欣一は「風木舎俳話(百二十三)」(「風」昭61・11)の中で父について、「総督府から恐らくにらまれていたに違いない。しかし朝鮮の人からは確かに慕われていたようだ。」と記す。欣一の弱者に対するまなざしは父親の生き方に影響を受けた面があったのだろう。

昭和二十五年、朝鮮が戦争状態に入ると、「ぼくは毎日、新聞の報道をすみからすみまで読むが、大田、全州、光州、群山、釜山など皆ぼくにはなつかしい土地である。戦争が一日もはやく解決して、朝鮮の民衆に平和の日が訪れるのを祈つている。」(前出「回想の故郷」)と述べているが、このような欣一の祈りは、沖縄の基地問題や国際的な紛争に捧げられてゆくのである。

戦争の砂漠が写り蜆汁　平3・3　風

この句は米軍と多国籍軍によるイラク空爆（湾岸戦争）の報道をテレビで見た折の作である。欣一は二月十三日の日録（「風」平3・4）に、「二十世紀は人類の終末期と思う。」と記す。「戦争の砂漠」は人間の乾ききった心を象徴しているようだ。そのような乾いた心に水を注ぐ思いで欣一は俳句を詠み継いだのではなかろうか。

敗戦の混乱と虚脱のなかで詠まれた

梅雨の土かゞやきて這ふ蛆一つ　昭21・5　風

の句が示す生命の貴さ、晩年の

七草の花の一つに稲の花　平13・10　風

の句に見る、一筋の稲からこぼれ咲く可憐な花の命の把握は、殺伐とした時代にこそ価値あるものとして受け止められなければなるまい。
最後に、「風木舎俳話（二百二十一）」（「風」平7・8）より、戦後五十年を顧みた欣一の言葉を掲げておきたい。

戦後五十年間の日本の平和、結構なことである。しかし世界では戦争の連続、冷戦も戦争のうちに入る。朝鮮戦争・ベトナム戦争・アフガニスタン・中東・湾岸戦争など。人類は戦争する動物か。東西あらゆる戦争は正義そして聖戦の名において行われて来た。そして最も悲惨な目に会うのはいつも弱い人・底辺の人間である。

初句索引

あ行

か行

さ行

た行

著者略歴

荒川英之（あらかわ・ひでゆき）

昭和52年　名古屋市生まれ。
平成14年　中京大学文学部国文学科卒業。
東海市立横須賀中学校教諭を経て、現在愛知県立大府高等学校（定時制）教諭。
栗田やすし・河原地英武に師事。俳句雑誌「伊吹嶺」編集長。俳人協会幹事。
論文 『雪白』時代における沢木欣一の「写生」に関する考察（第二回俳人協会新鋭評論賞受賞）ほか。

現住所　〒475-0915　愛知県半田市枝山町40-160

発　行　二〇二一年一一月二〇日　初版発行
著　者　荒川英之© Hideyuki Arakawa
発行人　山岡喜美子
発行所　ふらんす堂
〒182-0002 東京都調布市仙川町一―一五―三八―2F
TEL（〇三）三三二六―九〇六一　FAX（〇三）三三二六―六九一九
URL http://furansudo.com/　E-mail info@furansudo.com

沢木欣一の百句

振　替　〇〇一七〇―一―一八四一七三
装　丁　和　兎
印刷所　創栄図書印刷株式会社
製本所　創栄図書印刷株式会社
定　価＝本体一五〇〇円＋税
ISBN978-4-7814-1413-3 C0095 ¥1500E
乱丁・落丁本はお取替えいたします。